25021

Ye

ROMANCE

DE
PAUL ET VIRGINIE.

PAR MADAME LA MARQUISE

DE LA FERRANDIÈRE,

AVEC LA MUSIQUE,

Par Madame la Comtesse DE CAUMONT, sa fille.

À PARIS,

DE L'IMPRIMERIE DE MONSIEUR.

Chez P. FR. DIDOT jeune, Imprimeur de MONSIEUR,
quai des Augustin.

M. DCC. LXXXIX.

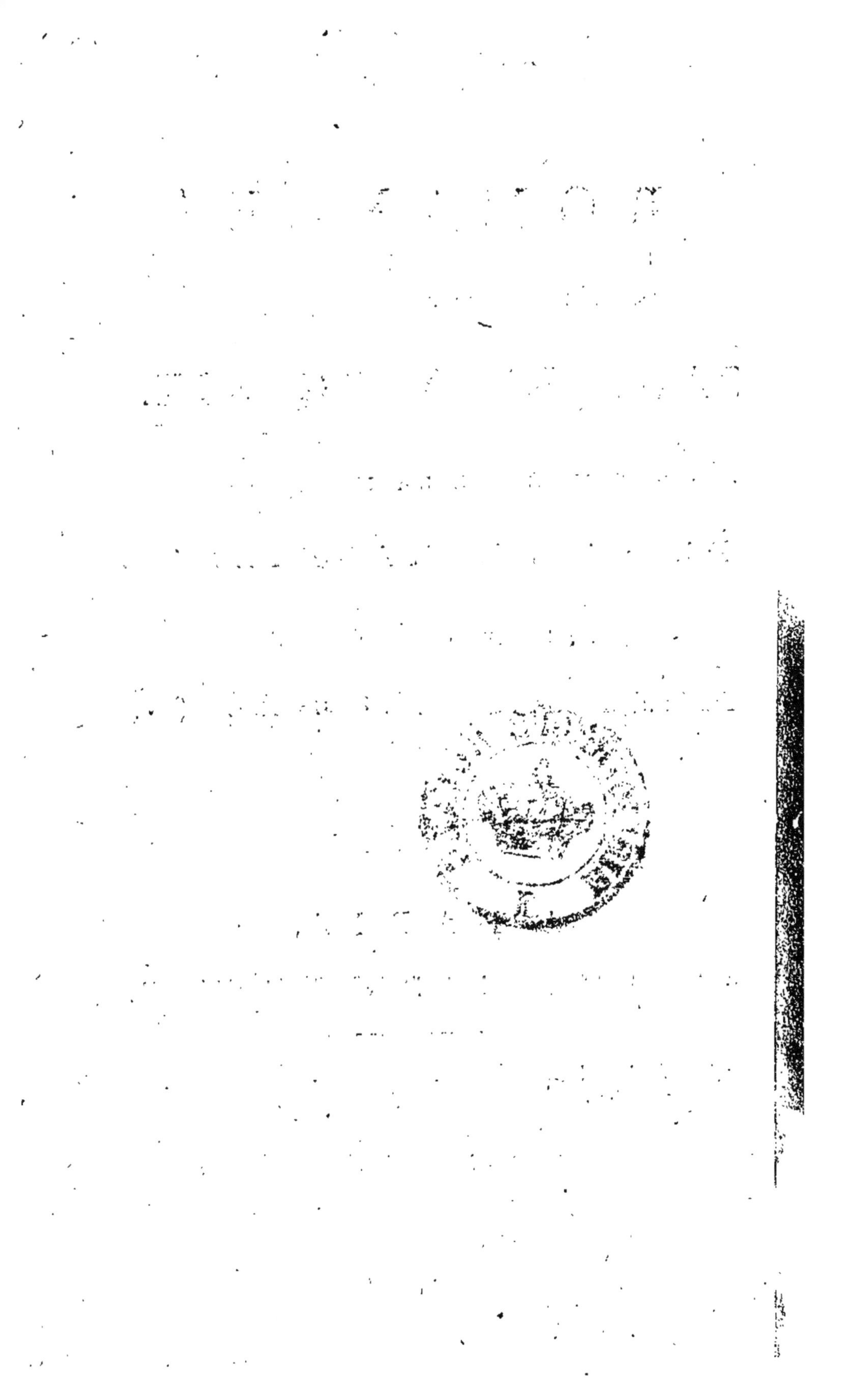

ROMANCE

DE

PAUL ET VIRGINIE.

Deux femmes à l'île de France
Furent conduites par l'Amour.
La Tour, bravant or et naissance,
Suit un époux qui perd le jour.
Coupable de tendre imprudence,
Marguerite au même séjour
Fuit l'amant que sa complaisance
Détacha d'elle sans retour.

Toutes deux alloient être mères,
Toutes deux unirent leur sort,
Et toutes deux en leurs misères,
Sans leurs enfans voudroient la mort.
Mais bientôt ce précieux gage
D'amour constant et malheureux,
Vient leur offrir parfaite image
Des objets de leurs tendres feux.

Marguerite fut la première
A jouïr de si doux plaisir ;
Et dès l'instant qu'elle fut mère,
Plus de larmes de repentir.
Sa bonne et consolante amie
Devient aussi mère à son tour ;
La naissance de Virginie
Rouvre son ame au pur amour.

(5)

Ce n'est qu'une même famille ;
Cabane alors vaut un château :
Les nouveau-nés, garçon et fille ,
Sont reçus au même berceau.
Vieux Domingue, active Marie ,
Redoublent de zèle et de soins ;
De chaque maîtresse chérie
Leur travail prévient les besoins.

Pour vêtir Paul et Virgnie
Coton sans cesse l'on filoit ,
Et tour à tour maman et mie
Ce joli couple caressoit.
Bon lait, air pur, soins et tendresses,
Les font grandir bien promptement ;
Déja leur cœur sent les caresses ,
Et déja leur bouche les rend.

1.

Sɪᴛôᴛ qu'ils dirent je vous aime,

Aux mamans ce mot s'adressa,

Et bientôt pour l'Être suprême

Chacun des deux le prononça.

Vɪʀɢɪɴɪᴇ appeloit son frère

Celui qui la nommoit sa sœur;

Crainte, prévoyance de mère

Causèrent cette aimable erreur.

Rɪᴇɴ ne chagrinoit leur enfance,

Point de lien que l'amitié;

Leurs jours couloient dans l'innocence;

Entre eux tout étoit de moitié.

Pour cette sœur tant belle et chère,

Pᴀᴜʟ cueilloit la fleur qui naissoit;

Nid d'oiseau pouvoit-il lui plaire,

Arbres et monts il gravissoit.

Il partagea bientôt l'ouvrage
Nécessaire en ce beau pays ;
Domingue et lui, pour le ménage,
Cultivoient patate et maïs.
Sa sœur partageoit de Marie
Et les soins et l'activité ;
De sa main adroite et jolie
Bon repas étoit apprêté.

Un matin, dans leurs promenades,
Négresse qui fondoit en pleurs,
Aborde nos deux camarades,
Et leur raconte ses malheurs.
Beaux jeunes gens, suivez ma trace,
Dit-elle en pressant leurs genoux ;
Du méchant maître qui me chasse
Vous appaiserez le courroux.

Il s'agit de rendre service;

Leur pied nu franchit tous chemins,

Rocher qui borde un précipice,

Rivière, montagne et ravins.

Près du maître injuste et colère

VIRGINIE arrive en tremblant;

Beaux yeux, douce voix et prière

Ont fléchi cet homme méchant.

SITOT qu'il eut dit : Je fais grace

A mon esclave qui vous suit,

Du tyran redoutant l'audace,

Comme un trait le couple partit;

Mais de cette route pénible,

Sans guide, il voit tout le danger;

La trouver seule est impossible;

L'un pour l'autre va s'affliger.

PAUL rassuroit sa VIRGINIE,

Qui le pressoit contre son cœur;

La pauvrette est anéantie :

PAUL sur son dos charge sa sœur.

Léger bruit s'entend aux feuillages,

C'est le chien que tant ils aimoient ;

Lumière efface les nuages,

C'est Domingue qu'ils chérissoient.

NÈGRES marons sur leur passage

Ont vu le matin ces enfans,

Ils ont dit, sachant leur message,

» Il est encore de bons Blancs. «

La nuit errants, sur la montagne,

Les revoyant foibles et las,

Ils prennent PAUL et sa compagne,

Et les ramènent sur leurs bras.

Après bien des pas et des peines,

Ils arrivent à la maison.

Des mères les plaintes sont vaines,

Quand ils content leur action :

Pleurs de plaisir en abondance

Coulent alors de tous les yeux ;

On leur sait gré de leur absence,

Puisqu'ils aiment les malheureux.

Chez la modeste VIRGINIE

Graces et beautés grandissoient.

Vigueur et souplesse infinie,

Chez PAUL tous les jours s'augmentoient.

Il cherchoit plus souvent la vue

Du bel objet qu'il adoroit :

Sa sœur plus tendre, plus émue,

A ses regards se déroboit.

DE moi serois tu mécontente ?

Demanda PAUL en soupirant.

Pourquoi me fuir, pourquoi méchante,

Ne plus m'embrasser qu'en tremblant ?

Non, non, rassure-toi, mon frère,

J'ai du plaisir quand tu me suis ;

Ma tendresse est toujours sincère,

Mais ne sais d'où vient je te fuis.

LA TOUR avoit en Normandie

Tante dévote, au cœur bien dur,

Qui la traitoit comme ennemie,

Songeant à son état obscur.

Mais au chef de l'île de France

La tante écrit, récrit encor,

Que VIRGINIE en diligence

Vienne, elle aura tout mon trésor.

De cette tante riche et fière

La Tour, hélas ! ne put jamais,

Même depuis qu'elle fut mère,

Obtenir de légers bienfaits.

Quoi, ma fille, dans ma patrie,

Seule , irois-tu pour de l'argent ?

Quitterois-tu maman, amie,

Et Paul, qui n'est point ton parent ?

Apprends donc qu'il n'est pas ton frère,

Et qu'il peut être ton mari.

Oh ! tant mieux, dit-elle, ma mère,

Car il est de moi bien chéri.

Qu'avons-nous besoin de richesse ?

Bon cœur n'est-il pas le vrai bien ?

Paul et moi travaillant sans cesse,

Ne manquerez jamais de rien.

SACHANT que la mère et la fille
Refusent fortune et bonheur,
Le gouverneur à la famille
Fait parler sage directeur.
Pourquoi rester dans la misère,
Dit-il, pouvant tous être heureux ?
Partez, vous serez héritière,
Et vous obéirez aux cieux.

AH ! si maman me le demande
Dit VIRGINIE, il faut partir ;
Et si c'est le ciel qui commande
Point n'en aurai de repentir.
PAUL, qui sait tout, frémit de rage ;
Il veut joindre les passagers ;
Il craint pour elle le naufrage,
Et veut partager ses dangers.

MA sœur, accorde moi la grace

De te suivre au lointain pays ;

Comme un esclave sur ta trace,

Tu me verras toujours soumis.

— Non, reste et console ma mère,

Calme ses regrets, ton courroux ;

Je reviendrai sur cette terre,

Et te prendrai pour mon époux.

Deux cocotiers à leur naissance

Furent plantés par leurs mamans :

Près de ces arbres dès l'enfance

Ils passoient de bien doux momens.

Ils sont l'époque de leur âge,

Ils furent témoins de leurs jeux,

Et c'est enfin sous leur feuillage

Qu'ils se font leurs touchans adieux.

BELLE bouche de VIRGINIE,

Hélas ! ne dit rien en partant ;

Son ame affligée, attendrie,

Ne s'exprime qu'en sanglottant.

D'un saint patron elle a l'image,

A qui son amant ressembloit,

Et dans son triste et long voyage

Ce portrait seul la consoloit.

TOUT est en pleurs dans la cabane,

Chacun s'y trouve malheureux.

Desir de richesse on condamne,

LA TOUR dit : J'ai fait pour le mieux.

PAUL garde un stupide silence ;

Il n'entend, il ne voit plus rien ;

Des souvenirs et l'espérance

Seront maintenant tout son bien.

Bon cœur ranime son courage :
Pleurant et soupirant toujours,
Il reprend la bêche et l'ouvrage ;
Mais les jours ne sont plus si courts.
Dans les lieux où sa VIRGINIE
Travailloit, chantoit, s'amusoit,
Rêvant à cette douce amie,
PAUL tous les soirs se reposoit.

JE veux, dit-il, pour ma compagne
Planter agathis et rosiers ;
J'ornerai fontaine et montagne
De lilas, cédras, papayers.
Hélas ! ce fut sous leur ombrage
Qu'elle me dit : « Je te chéris,
« J'aime nos mères davantage,
« Quand elles te disent : Mon fils.

SA maîtresse est reçue en France
Avec des transports d'amitié ;
Mais sa candeur, son ignorance
A sa parente font pitié.
On lui donne perles, dorure :
Ah ! disoit-elle avec dédain,
Cela ne vaut pas la parure
Que PAUL me cueilloit au jardin.

Maître de talens, de sciences,
Viennent la trouver au couvent :
Elle s'applique aux connoissances
Qui lui rappellent son amant.
Dans peu de tems elle sait lire,
Elle aura nouvelles de lui ;
Et si sa main pouvoit écrire,
Lettre partiroit aujourd'hui.

Pour charmer sa mélancolie ,

Paul de son côté s'instruisoit :

Ecriture ou géographie

De ses travaux le délassoit.

Par lui la France étoit cherchée

Sur la carte bien constamment ;

Et l'autre, à son globe attachée,

Voyoit son île, et point d'amant.

Il venoit souvent à sa grille

Riche et puissant mais vieux seigneur ;

Sa tante lui disoit : Ma fille,

Cela vous fait beaucoup d'honneur.

Il compte vous prendre pour femme,

S'il peut vous plaire quelque jour ;

Vraiment, serez très-grande dame,

Ma nièce ira vivre à la cour.

Renoncez à l'état sauvage
Qui blesse tant ma qualité.
Oubliez Paul, mère et ménage ;
Qu'ils restent dans l'obscurité.
— Votre nièce à l'île de France
Ira revoir si doux objets ;
Car de son ame et souvenance,
Las ! ils ne sortiront jamais.

La vieille tante est irritée,
Et fait serment, dans sa fureur,
Qu'elle sera deshéritée,
Si Paul n'est banni de son cœur.
Pour mettre à profit son absence,
Chaque lettre reste en ses mains ;
Mère et fille dans l'ignorance
Déplorent deux ans leurs destins.

Le silence de Virginie
Dans l'ame de Paul met l'effroi.
Noble et riche de Normandie
M'aura, dit-il, ravi sa foi.
Lettre arrive enfin : sans mystère
Chacun la lit ; tout est content :
Tendres regrets sont pour sa mère,
Fleurs et cheveux pour son amant.

Virginie est encor pressée
D'épouser l'ennuyeux seigneur :
Sa tante est toujours refusée
Avec constance, avec chaleur.
Laissez bijoux, robes, dentelles :
Le Saint-Géran quitte ce port,
Partez, nièce ingrate et rebelle,
Demain vous serez sur son bord.

—Cessez de m'accabler, ma tante,
Vos bontés n'oublîrai jamais.
Est-ce un crime d'être coustante,
D'aimer moins l'or que nos forêts ?
De ses bijoux elle rend compte ;
Point n'avoient rempli son desir,
Et sur le vaisseau qu'elle monte
Son cœur palpite de plaisir.

Ainsi qu'à son premier voyage,
Cette ravissante beauté
Inspire aux gens de l'équipage
Respect et modeste gaîté.
Une chaloupe la devance;
Elle apprend qu'on va la revoir :
Chacun se livre à l'espérance,
Et vole au port la recevoir.

Le Saint-Géran près du rivage
Au Port-Louis veut aborder ;
La mer mugit, affreux orage
Subitement vient à gronder.
Les vents accroissent les alarmes,
Le bâtiment est en danger ;
Vains efforts, inutiles larmes !
Heureux, heureux qui sait nager !

La vertueuse VIRGINIE
Est seule qui ne le sait pas.
Généreux matelot la prie
De se confier à ses bras.
Détournant la tête à sa vue,
Je souscris, dit-elle, à mon sort :
Oh ciel ! moi ...... je paroîtrois nue !
Bon matelot, j'attends la mort.

On voit un jeune homme à la nage
Qui veut joindre le Saint-Géran,
Mais repoussé sur le rivage
Tout son courage est impuissant.
C'est PAUL, c'est mon cher PAUL, dit-elle;
Lui seul pour moi peut s'exposer.
En vain cette amante fidèle
Lui tend ses bras pour l'embrasser.

La mer redouble sa furie ;
Elle entraîne le bâtiment :
Et l'œil serein de VIRGINIE
S'attache aux cieux en ce moment.
Par les flots elle est emportée
Avec les débris du vaisseau ;
Mais par d'autres flots rejetée,
L'abyme n'est point son tombeau.

On retrouve sur le rivage

Cette vierge pleine d'attraits ;

De PAUL sa main presse l'image,

Sur son cœur elle est à jamais.

On dispute la triste gloire

D'ensevelir cette beauté ;

Chacun gardoit en sa mémoire

Le souvenir de sa bonté.

Près l'église des Pamplemousses

Elle aimoit à se reposer ;

Sous des bambous, sur fines mousses,

C'est là qu'on vient la déposer.

Tendres cœurs sous ce verd feuillage,

Air doux et pur vont respirer ;

Cœurs malheureux sous cet ombrage,

La regrettant, vont soupirer.

PAUL couvert de sang, de blessures,

Est ramené dans sa maison :

Contre les cieux plus de murmures,

Sitôt que revient sa raison.

L'affreuse mort de VIRGINIE

Est l'unique mal qu'il ressent ;

Ce mal abrégera sa vie,

Et c'est le seul bien qu'il attend.

MAIS de l'amant, de ses deux mères,

On ne peut peindre les douleurs.

Jusqu'à la fin de leurs carrières,

De leurs yeux coulèrent des pleurs.

Le ciel, cette tombe chérie,

Pouvoient seuls terminer leurs maux,

Las ! bientôt près de VIRGINIE

Ils partagèrent son repos.

3

CHAQUE endroit du fatal naufrage,

Reçut du peuple un nom nouveau.

Chaste fille en pélerinage

Va voir LE GOLFE DU TOMBEAU.

Depuis ce jour, amans sincères

Qui veulent aborder ces lieux,

Disent au Ciel dans leurs prières,

Sauvez-nous du CAP MALHEUREUX !

ROMANCE

DE
PAUL ET VIRGINIE.

ANDANTINO.

mour. La Tonr, bra-vant   or

et nais - san-ce, Suit un é-

poux, qui perd le jour. Cou-

pable de tendre impru-den-ce,

Marguerite, au mê - me sé-

jour, Fuit l'amant que sa complai-

MINORE.

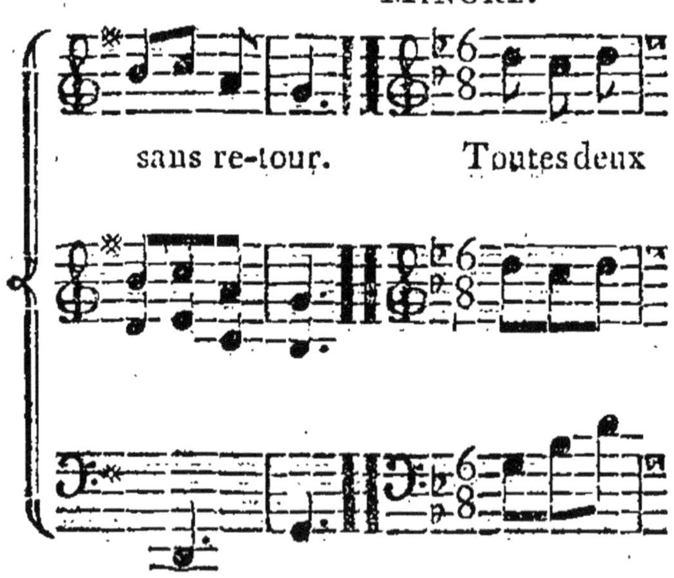

alloient ê - tre. mères; Toutes deux

u - ni - rent leur sort; Et tou-tes

deux, dans leurs mi - sè-res,

Sans leurs en-fans, voudroient la

mort. Mais bien-tôt ce pré-

ci - eux ga-ge D'amour cons-

tant et mal-heureux, Vient

leur offrir parfaite i-

Da capo al ma..., avec les paroles qui
suivent.